방류 放流

방류 放流

이용광 시집

좋은땅

목 차

1章 그 때

포도 10 ∣ 윤곽 11 ∣ 일곱 시간 12 ∣ 삐삐 13
세상 어디에도 없는 14 ∣ 전자레인지 16
그 때 17 ∣ 불침번 19 ∣ 형광등 22 ∣ 관동별곡 23
신천 바다목장 24 ∣ 바다를 찾아 26 ∣ 별 27
통닭 28 ∣ 허리 29 ∣ 초등학교 운동장 30
여름밤 32 ∣ 바닥 34 ∣ 냄비 35 ∣ 아카이브 37
동네 목욕탕 39

2章   나

공식 42 ｜ 조화(造化) 43

영화를 보다가 갑자기 든 생각 44 ｜ 연필로밖에는 45

라디오 46 ｜ 평화 48 ｜ 소 49 ｜ 겉 50 ｜ 내 방 51

상자 53 ｜ 건강하게 54 ｜ 시간 축적 55

미혼 남자 57 ｜ 알고리즘 60 ｜ 모도리 62

큰 바위 얼굴 65 ｜ 면도 66 ｜ 방류 68 ｜ 선 69

화 72 ｜ 밥을 먹다 75 ｜ 운전 77 ｜ 코이의 법칙 78

색 79 ｜ 새벽 81 ｜ 어깨 83 ｜ 시장 84 ｜ 단축키 85

혼자 사는 40대 남자의 일요일 88 ｜ 생각 91

세월 93 ｜ 컵 95 ｜ 뜨거움 97 ｜ 힘 99 ｜ 섬 101

머리 103 ｜ 내 말로 105

3章　너

종루 108 ㅣ 별하 109 ㅣ 비나리 110 ㅣ 구름 낀 날 112

가장 113 ㅣ 거꾸로 돌려도 115 ㅣ 풍경 116

답답한 일상을 살아가는 법 117 ㅣ 독선 118

청도 감 119 ㅣ 해 질 녘 120 ㅣ 너를 121 ㅣ 돌 122

양지 123 ㅣ 오청 124 ㅣ 피로 125 ㅣ 애착 126

구글 129 ㅣ 러시아 혁명사 131 ㅣ 이야기 133

전가의 보도 135 ㅣ 식사 136 ㅣ 너울성 파도 138

치고 달리기 139 ㅣ 내비게이션 140 ㅣ 지하철 142

이사 143 ㅣ 커피 145 ㅣ 노래방 146 ㅣ 손가락 149

김치볶음밥 150 ㅣ 할 수 없는 일 152 ㅣ 눈 155

참기름 157 ㅣ 나와 같나요 160 ㅣ 너 162

내일 164 ㅣ 손목 166 ㅣ 무릎 168 ㅣ 정리 169

4章   우리

제주도에는 172 ㅣ 빛깔 174 ㅣ 수첩에 적힌 글자 175

괘릉 177 ㅣ 너무나도 상쾌한 어느 아침 178

비빔밥 179 ㅣ 일부러 돌아가는 길 180

바다가 부른다 181 ㅣ 레밍의 딜레마 182 ㅣ 직지봉 183

허름한 집 184 ㅣ 다리 185 ㅣ 참식나무 186

기대 187 ㅣ 강을 따라서 188 ㅣ 말장난 190

블루 193 ㅣ 기념일 196 ㅣ 명절 197 ㅣ 건배사 199

더 싫은 것 월드컵 202 ㅣ 수단 204 ㅣ 휴식 206

비상금 208 ㅣ 경계 210 ㅣ 명언의 현실적 해석 212

경쟁 214 ㅣ 웃음 216 ㅣ 넥타이 218 ㅣ 평가 220

1章

그 때

포 도

옥상에서 내려보는 저녁 풍경엔
순박한 기다림이 있다.

길 위에서 올려보는 저녁 하늘엔
소소한 반가움이 있다.

기다림과 반가움이 만나는 그 때엔
눈부시게 빛나는 황홀이 있다.

기다림, 반가움, 황홀……
어머니의 손에 들려 있던 포도 한 송이

윤곽

도대체 무엇인지 윤곽이 드러나지 않는다.
도무지 누구인지 윤곽이 보이지 않는다.

알람 종이 울리는 아침인데
도대체 아무것도 만져지지 않는다.

햇빛 가득한 한낮인데
도무지 누구인지 느껴지지 않는다.

달빛 고요한 밤인데
역시나 어떤 것도 알 수가 없다.

보이지도, 느껴지지도, 만질 수도 없는
보고 싶고, 느끼고 싶고, 만져 보고 싶은
그 때 그 시절의 나

일곱 시간

그곳에 앉아
너를 기다리던
1996년 7월 13일 저녁 다섯 시에서 열두 시

기다리는 너는 오지 않고
끈적한 무더위만이 나를 괴롭히던
그 날 일곱 시간

차마 발걸음이 떨어지지 않아
숨죽여 머뭇거릴 수밖에 없었던
그 때 그 밤

네가 걸어올 방향을 한없이 응시하며
눈조차 깜빡일 수 없었던
그 여름밤의 그 시간

시간은 멀어져 가고
마치 일곱 달, 아니 칠 년 같았던
1996년 7월 13일 저녁 다섯 시에서 열두 시

삐삐

8282 빨리빨리

1004 천사

88 바이바이

505 SOS

5959 오구오구

175 일찍 와

486 사랑해

7942 친구 사이

0242 연인 사이

1010235 열렬히 사모해

17317071 I LOVE YOU

그 시절 너에게 보냈던 수많은 암호들

그 시절 너를 떠올리는 또 하나의 추억들

세상 어디에도 없는

좁다란 골목에 숨어
조심스레 너를 기다리던
너의 학교, 그 여대 앞

따뜻한 커피 향을 음미하며
서로의 눈을 마주 보았던
빨간색 간판이 예쁜 그 카페

영화는 눈에 들어오지 않고
수줍게 잡은 손의 온기를 느꼈던
종로 3가의 사람 많은 그 극장

온종일 걸어도 힘들지 않던
우리들의 순수함이 깃들어 있던
가로수가 우거진 그 언덕길

무언가 헤어지기 아쉬운 마음에
서투른 포옹으로 너를 보냈던
너의 집 앞, 그 이층집

지금도 분명 존재하고 있는

20여 년 전의 그곳들

하지만 이제는

세상 어디에도 없는 그곳들

전자레인지

3일 정도 지난 차갑게 굳은 밥을
그릇에 담고 물을 조금 뿌려
전자레인지에 2분 정도 돌린다.

2분이 지난 뒤 밥을 꺼내면
차갑게 식었던 밥이 따뜻하게 변해 있다.
마치 새 밥인 듯 맛있게 먹는다.

얼음장처럼 차갑게 식어 버렸던
그 때의 너의 그 마음도
전자레인지에 돌리면 따뜻해질까

그 때

1992년

신승훈 보이지 않는 사랑

이현우 꿈

서태지와 아이들 난 알아요

머라이어 캐리 I'll be there

미스터 빅 To be with you

1995년

서태지와 아이들 컴백홈

이소라 난 행복해

보이즈투맨 On bended knee

티엘씨 Creep

마이클 잭슨 You are not alone

1997년

양파 애송이의 사랑

지누션 말해줘

김경호 나를 슬프게 하는 사람들

퍼프대디 I'll be missing you

토니 브랙스톤 Un-break my heart

2001년

브라운 아이즈 벌써 일년

어서 U remind me

데스니티스 차일드 Independent woman

알리샤 키스 Fallin

2003년

브라운아이드소울 정말 사랑했을까

빅마마 체념

넬 Stay

비욘세 Crazy in love

제니퍼 로페즈 All I have

2005년

윤도현 사랑했나봐

나얼 귀로

에픽하이 Fly

머라이어 캐리 We belong together

크리스 브라운 Run it

카니 웨스트 Gold digger

그리고 16년 전의 너

불침번

고참이 깨우는 소리에
헐레벌떡 일어나
"이병 ○○○, 수고 많으십니다!"

허겁지겁 군복을 챙겨 입고
졸린 눈 크게 뜨고
근무상황판을 이어받는다.

바싹 마른 내무반 바닥에
주진자로 물을 뿌리고
취침 인원수가 맞는지 세어 본다.

내무반 가운데 가만히 서서
아직 외우지 못한 군가를 되뇌이고
태권도 발차기를 연습한다.

건빵바지에 몰래 숨겨 놓은 초코파이
혹시라도 소리가 날까
조심조심 뜯어 한입에 우걱우걱

손전등을 꺼내 붉은 필터로 바꾸고
총기보관함을 살펴보며
상황판에 꼬깃꼬깃 현황을 적는다.

갑자기 순찰을 나온 일직사관에
나지막하게 외치는
"근무 중 이상 무!"

보고 싶은 얼굴들
행복했던 추억들
그리운 것들이 스쳐 가고

내일은 주특기 훈련인데
어떻게 또 버텨야 하나
마음 속에 근심이 한가득이다.

휴가 날짜 헤아려 보고
제대 날짜 세어 보니
그 날이 오지 않을 듯 더 막막한 마음

시계를 보고 또 봐도
지난 시간은 고작 20분

그렇게나 길었던 그 1시간

그 때 그 시절
햇병아리 이등병의
불침번의 추억

형광등

늦은 밤
집에 돌아와

벽 위의
스위치를 누르면

환한 형광등이
나를 반겨 준다.

세상에
나를 반기는 건

너뿐만이 아닐까
조용히 생각한다.

관동별곡

고등학교 1학년 국어시간
할아버지 국어 선생님의 말씀
"다음 주까지 관동별곡 외워 와라."

빽빽한 글자, 교과서 열 쪽 정도
전교 1등부터 꼴등까지
인간이라면 외울 수 없는 것.

하지만 내가 한 가지 간과한 것
다음 주 국어 시간 날짜가 18일
내 출석 번호가 18번

18일이 다가올수록
나에게 공포로 다가왔던
정철의 관동별곡

신천 바다목장

오래만에 찾아간 제주도
섬의 남동쪽 표선 해수욕장
그로부터 시작되는 올레길

그 올레길을 따라
나지막한 돌담길 사이로 걸어가면
진하게 흘러나오는 귤피향

향기에 이끌려 발걸음을 옮기면
어느새 펼쳐진
주황빛의 진풍경

엄청나게 불어오는 바람에도
아랑곳없이 올라오는 향기와
파란 하늘과 주황빛 귤피가 만들어 내는 장관

윗부분은 마르고 아랫부분은 젖어서
바람에도 날리지 않고
마르지 않도록 섞어 주는 사람의 노력

축구장보다도 넓은 땅에
까만색 그물망을 깔고
한 삽씩 귤피를 뒤집어 주는 농부의 섬세함

한나절은 족히 걸릴 것 같은 일인데
손발이 척척 맞게 진행되는 작업들
겨울 제주만의 경치

출렁이는 주황 물결에
터져 나오는 감탄
아무나 볼 수 없는 귀한 풍경

드넓은 들판에 펼쳐진 귤피
그들이 만들어 내는 황금 물결
사진기로는 다 담을 수 없는 감동

푸른 바다, 파란 하늘, 주황 물결
자연이 우리에게 보내 준
너무나 크고 아름다운 선물

겨울, 제주
그리고 신천 바다목장

바다를 찾아

바다를 찾아 떠나는 길
하늘은 파랗고 공기는 시원하다.

우리나라는 삼면이 바다인데
바다로 가는 길은 왜 이래 멀까.

그 길은 낯설지만 설레고
멀지만 희망차다.

창밖으로 지나가는 풍경과
라디오 DJ의 밝은 목소리

창을 열어 맞이하는 맑은 바람과
점점 가까워져만 가는 바다의 향기

바다를 찾아 떠나는 이는
누구나 가슴에 희망이 한가득

별

별을 보고 싶어서
공원에 나섰다.

하늘을 한참 둘러보아도
서울 하늘에는
별이 보이지 않는다.

나의 미래를 알고 싶어서
나를 되돌아보았다.

과거와 현재를 아무리 둘러보아도
앞으로 살아가야 할
그 길이 보이지 않는다.

통닭

어린 시절
아버지가 사 오신
노란 봉투에 담긴 통닭

통닭을 사 오시는 날이면
졸린 눈 참아 가며
똘망똘망 기다리던 그 추억

어린 자식들 먹으라고
본인은 한사코 마다하시던
아버지의 마음

이제 통닭은
핸드폰 몇 번 눌러
쉽게 먹을 수 있는데

그 시절 아버지가 사 오신
그 통닭에 담긴 맛은
어디서 찾을 수 있을까

허리

에쁘다.
TV에 나오는 유명 모델의
잘 빠지고 늘씬한 허리

멋있다.
운동으로 다져진 근육남의
강철같이 두꺼운 허리

아름답다.
평생 일만 하느라 점점 휘어 가는
어머니의 가느다란 허리

초등학교 운동장

지금은 초등학교
그 때는 국민학교

1학년 6반
2학년 6반
3학년 9반
4학년 4반
5학년 10반
6학년 12반

건물은 세 개
본관, 동관, 서관

본관 한가운데
이순신 동상과 조회대

그 아래로 길게
운동장을 둘러싼 스탠드

운동장 오른쪽에
철봉과 씨름장, 그리고 식물관

운동장 반대쪽
정글짐과 그네와 시소

부채춤을 하고 꼭두각시를 하고
발야구를 했던 그 운동장

너무 긴 교장선생님 말씀에
애꿎은 운동장만 발로 차고

무더운 여름 땀을 뻘뻘 흘리며
공을 차고 뛰놀던 그곳

눈이 쌓이면 차마 밟지 못하고
멀찍이 돌아가던 순수함

운동회 날이면 만국기가 펄럭이고
온 동네가 들썩거렸던 추억

미세먼지, 황사 법석을 떨어도
다시 돌아가고픈 초등학교 운동장

여름밤

한파주의보가 내린 겨울밤
문득 떠오르는
뜨거웠던 그 때의
여름밤

청량리역에서
밤 12시에 출발하는
밤새워 강릉까지 달리는
통일호 열차

기타 한 대와 카세트 테이프
민폐인지도 모르고
밤새 떠들다가 도착한
새벽 바다

서투른 솜씨로 텐트를 치고
허기를 달래려 라면을 끓이고
오랜만에 만난 자유를 만끽하던
스무 살의 기억

하루가 왜 이리도 짧은지
그렇게 놀고도 아쉬운 마음에
마음껏 즐겨 보는 여름밤
여름밤의 바다

뜨거운 여름밤도 막지 못한
젊음과 자유의 향연
함께 노래하고 함께 웃으며
여물어 가는 우리들의 추억

그렇게 여름밤은 깊어 가고
하나둘 얼굴을 내미는 별들
여름밤 하늘과 여름밤 바다의
환상의 하모니

지금도 꺼내 보는 그 때의 기억들
추억은 살아 있고
여름밤은 아직도 그대로인데
이제는 변해 버린 중년이 된 우리들

가슴이 시려오는 겨울밤
문득 떠오르는
뜨거웠던 그 때의
여름밤

바닥

바닥까지 온 줄 알았는데
더 떨어질 곳이 있었나 보다.

바닥을 쳤으니 올라갈 줄 알았는데
아직 바닥에 오지 않았나 보다.

천장에 닿은 사람도 있다는데
난 언제나 바닥 근처에서 맴돈다.

쓰러뜨리고 밟아도 좋은데
다시 일어날 힘은 남겨 줘야지.

바닥 근처에서 바닥만 보다 보니
몸도 마음도 그냥 바닥이다.

바닥을 딛고 일어서려고
안간힘을 써 본다.

천장엔 못 가더라도 바닥은 벗어나려고
이를 악물고 악을 써 본다.

냄비

언제부터 있었는지
아무도 모르는
낡은 우리집 냄비에는
많은 것들을 담을 수 있다.

지난달 내 생일에는
미역국을 담았고
밥하기 귀찮은 일요일엔
라면이 담겼다.

술 한잔 기울인 다음날엔
북엇국을 담아내고
내일은 얼큰하게
동태찌개를 담을 것이다.

이웃집에서 금방 한
김장김치가 담기기도 하고
큰 집에 갖다드릴
육개장이 담길 수도 있다.

나도

무엇이든 담을 수 있는

냄비 같은 사람이고 싶다.

누군가에게 냄비 같은 사람이 되고 싶다.

아카이브

보존할 것도 없는 생이지만
초등학교 때부터 써 온 일기는
그저 그렇게 살아온 내 삶을
그럴듯하게 기록한 아카이브가 된다.

별것 아닌 일에도 기뻐하고
흔하디 흔한 일에도 슬퍼하고
삶의 희로애락이 모두 담긴
괜찮은 아카이브가 된다.

무슨 불만이 그렇게 생겼는지
무슨 패기가 그렇게 넘쳤는지
무슨 배짱이 그렇게 강했는지
무슨 설움이 그렇게 많았는지

한 장 한 장 꼼꼼히 넘겨 가며
머릿속 영사기를 돌리면
기록은 어느새 현재가 되고
그 시절 그 모습이 새록새록 떠오른다.

순수했던 10대
혼란했던 20대
치열했던 30대
그리고 앞으로 적힐 기록들

기록은 오늘도 계속되고
아카이브는 점점 풍성해져 간다.
10년, 20년 후에도 돌아볼
소중한 아카이브는 계속된다.

동네 목욕탕

지금은 잘 가지 않게 된
동네 목욕탕

어린 시절 일주일에 한 번
아버지를 따라가서

일주일 묵은 때를
깨끗하게 벗겨 냈던 곳

등을 밀어드리고
탕에서 물장구치며 놀고

용기 내서 한증막에 들어가 보고
바나나우유를 먹을 수 있었던 그 곳

같은 반 친구들도 만나고
작년 담임 선생님도 만나고

딸만 있는 옆집 아저씨, 문방구 아저씨
슈퍼 아저씨, 자전거포 아저씨

동네 사람들 모두 만날 수 있었던
만남의 광장

최신식 사우나도
잘 꾸며 놓은 찜질방도

21세기는 흉내 낼 수 없는
그 시절 목욕탕의 추억

지금은 잘 가지 않게 된
동네 목욕탕

하지만 요즘 유독 떠오르는
그 때의 동네 목욕탕

2章

나

공식

곡선 $y = x\ln(x^2+1)$과 x축 및
직선 $x = 1$로 둘러싸인 부분의 넓이는?

공식대로 시키는 대로 했는데도
답이 없는 것은

수학 문제일까, 내 인생일까

조화(造花)

총천연색 오만 가지 꽃들 속에서
오직 너만이 살아남았다.

너는 향기가 없잖아
너는 빛깔이 없잖아

그래 나는 없는 것 투성이지만
오직 나만이 살아남았다.

온갖 잘나고 뛰어난 것들 속에서
오직 나는 살아남고 싶다.

너는 실력이 없잖아
너는 능력이 없잖아

그래 나는 없는 것 투성이지만
오직 나는 살아남고 싶다.

바로 너처럼

영화를 보다가 갑자기 든 생각

영화를 보다가 갑자기
영화 같은 인생을 살고 싶다.

불이 꺼지고 영화가 시작되면
내 인생도 다시 시작되고 싶다.

영화가 서서히 정점에 다다르면
내 인생도 함께 끓어오르고 싶다.

영화가 끝나고 불이 켜지면
내 인생도 함께 화하고 싶다.

문을 열리고 관객들이 영화를 이야기하면
내 인생도 누군가의 감동이고 싶다.

며칠 후 다시 영화관에 들어서면
내 인생도 다시 새로워지고 싶다.

연필로밖에는

자판을 두드리며 화면에 나오는 글자는
내가 쓴 글자이지만 내 글자가 아니다.

핸드폰 속에서 찍어내는 글자는
내가 쓴 글자이지만 내 글자가 아니다.

볼펜으로 끄적거리며 적는 글자는
내가 쓴 글자이지만 내 글자가 아니다.

만년필로 곱게 눌러 쓴 글자는
내가 쓴 글자이지만 내 글자가 아니다.

내 마음을 알아주는 글자는
연필로밖에는

라디오

책상에 앉아 책을 펴고
라디오 전원을 켜면
흘러나오는 One summer night

피곤한 몸 누이며
라디오 전원을 켜면
흘러나오는 Midnight blue

알람 소리에 자리에서 일어나
라디오 전원을 켜면
흘러나오는 Early in the morning

바쁜 일상 속에서 잠시 짬을 내어
라디오 전원을 켜면
흘러나오는 I will survive

우리가 함께 했던 그 때를 떠올리며
라디오 전원을 켜면
흘러나오는 Perhaps love

라디오 속 DJ는

내 마음을 알고 있는 걸까

평화

펄펄 끓는 국물 뚝배기에 담아서
파 송송 넣고 고춧가루 한 움큼 뿌리고
밥 한 공기 뚝딱 말아서
김장 김치 쭉쭉 찢어 얹으면
그것이 평화

잘 말린 김 위에 밥 깔고
그 위에 계란, 시금치, 오이, 단무지, 소시지 놓고
정성스레 말아서 참깨 뿌리고
쓱쓱 썰어 내면
그것이 평화

잘 익은 총각김치 듬성듬성 자르고
찬 밥 한 공기에 계란 하나 얹어서
고추장 한 숟갈, 참기름 한 방울 떨어뜨리고
살살 비벼 내면
그것이 평화

소

가축으로 농사 일을 위해 사육하는 동물

뿔의 단면은 원형으로 정수리의 양쪽에서 나오며,

어깨의 융기가 약하고 체모(體毛)가 짧다.

한자로는 우(牛)라고 하고,

영어로 거세하지 않은 수컷을 불(bull), 암컷을 카우
(cow)라 하고,

가축화된 소를 총칭하여 캐틀(cattle)이라고 한다.

하루에 8시간 이상씩 풀을 뜯으며

한번 먹을 때마다 70kg의 풀을 뜯어 먹는다.

먹는 시간 외 나머지 시간은 되새김질을 하거나 휴식을
취하는 데 보낸다.

겨울이 되면 털이 더 촘촘해진다.

부럽다, 소.

겉

아둥바둥 열심히 살다 보면
다 어른이 되는 줄 알았다.

양복 입고, 차를 몰고
회색 건물로 출근하면 다 큰 건 줄 알았다.

정치면을 읽고, 경제 뉴스를 보고
통장 잔고에 얼마가 있으면 다 된 건 줄 알았다.

그렇게 살았다.
10대, 20대, 30대…… 그러다 보면 다 끝날 줄 알았다.

그래서 되었다.
열심히 어른이 되었고, 다 컸고, 다 됐고, 다 끝났다.

겉만.
난 아직 철없는 어린 아이.

내 방

10평 남짓 작은 방 안에는 무언가가 묻어 있다.

창 밖으로 비춰지는 풍경에는 세상이 담겨 있고,
문 밖의 시끄러움에는 오만 가지 모습의 사람들이 있다.

낡은 천장 벽지에는 나의 시선이 머물러 있고,
오래된 베갯잇에는 해묵은 고민들이 눌려 있다.

갈색 책꽂이에는 40여 년을 살아온 기록들이 있고,
냉장고를 열어 보면 지금을 살아가는 모습이 있다.

삐걱거리는 의자에는 삶의 무게가 남아 있고,
오래된 옷걸이에는 나의 현재들이 어지럽게 걸려 있다.

작은 장 속에는 흘러간 추억들이 가지런히 자리잡고 있고,
찬장을 열어 보면 나도 몰랐던 내 모습이 숨어 있다.

큼지막한 거울 안에는 나를 바라보고 있는 내가 있고,
두터운 솜이불 속에는 나를 안아 주던 온기가 서려 있다.

신발장에는 무심한 듯 벗어 놓은 흔적들이 널려 있고,
탁자에는 긴 세월을 이겨 낸 상처 자국들이 군데군데 녹
아 있다.

가만히 앉아 둘러보니
10평 남짓 작은 방 안에는
지난 날이 있고, 오늘이 있고, 내일이 있다.

상자

오래된 상자를 꺼내어 열어 본다.

긴 세월의 먼지가 묻어 있는
물건들이 하나둘씩 나오고
지나간 추억들이 되살아난다.

어머니의 얼굴이, 친구의 모습이,
어린 시절의 그리움이 나를 부른다.

나의 과거를 반추하고,
다가올 미래를 그려 본다.

밝을지도, 어두울지도.

오랜된 상자의 뚜껑을 닫고 다시 집어넣는다.

건강하게

"술, 담배 하지 마세요."
"스트레스 받으시면 안 돼요."
"식사는 채식 위주로 소식하세요."
"꾸준히 운동하시는 게 중요해요."
"수면은 충분히 취하시구요."

네, 아주 잘 알고 있습니다.

그냥 아무것도 안 하고
숨만 쉬면 된다는 너무나 유용한 정보

오늘도 난 건강하게
삼겹살에 소주 한 잔 기울인다.

시간 축적

질적 성장은 양적 성장에 기인한다고
헤겔이 말했던가

오늘도 나는 나를 키우기 위해
시간을 쌓아 간다.

때로는 열중하고
때로는 인내하며
쌓아온 시간들, 45년.

지금껏 쌓아 온 시간들만으로는
부족했던 것일까

불혹을 지나 지천명을 향해 가는 시간 속에서
나는 아직도 질시하고, 도외시하고, 멸시한다.

그냥 쌓으면 쌓이는 줄 알았다.
그냥 그렇게 쌓다 보면
세상사에 판단이 흐려지지 않을 줄 알았고

하늘의 뜻을 깨닫는 줄 알았다.

다시 쌓아 가려 한다.

무작정 쌓여 가는 무의미한 시간이 아닌
촘촘하게 갈고 닦은 무진장의 시간이려 한다.

아직 나에게 오지 않은 많은 것들
다시 쌓아 가고 다시 시작하는 시간, 45년.

미혼 남자

결혼이요? 네, 저 아직 미혼입니다. 비혼은 아니구요, 아직 마음에 맞는 사람을 만나지 못했네요.

소개요? 수십 번 받아봤죠.

그런데 어쩌다 다 잘 안 됐냐구요? 글쎄요, 재산이 많은 것도 아니고 외모도 어디 내세울 만하지 못해서 그런가 봐요.

어떤 스타일 좋아하냐구요? 이 나이에 뭘 따지겠어요, 그냥 절 좋아해 주면 되죠.

연예인처럼 예쁜 사람을 찾는 건 아니냐구요? 연예인과 반려자도 구분 못하는 바보 아니에요.

외롭지 않냐구요? 혼자가 익숙해져서 그렇진 않아요. 사실 혼자라서 편한 게 더 많아요.

나이 들고 아프면요? 독신자를 위한 복지들이 갖춰져 가고 있어서 괜찮을 거에요.

가정이 있어야 안정된다구요? 저 지금 불안정하지 않은데요.

부모님이 걱정하시겠다구요? 너무 죄송하죠. 하지만 결혼은 저의 행복을 위해 하는 거니까요.

아이가 보고 싶지 않냐구요? 보고 싶기도 하지만 아직 제 몸 하나 제대로 건사하지 못해서요.

밥은 제대로 챙겨 먹냐구요? 웬만한 유부남들보다 잘 먹어요.

주변 친구들은 다 가지 않았냐구요? 네, 가서 많이들 힘들어합니다. 미혼이라고 친구 관계가 끊어지진 않아요.

남들 연애하는 거 보면 부럽지 않냐구요? 부럽죠. 부러우면 지는 거니까 저는 졌습니다. 그냥 지면서 살려구요.

적극적인 노력이 부족해 보인다구요? 적극적인 노력으로 보낸 시간이 오래되다 보니까 좀 지쳤네요.

너무 자기만의 세계에 사는 건 아니냐구요? 제가 남의 세계에 사는 게 더 이상하죠.

사랑을 믿지 않냐구요? 믿습니다. 그러니까 비혼은 아닌 거죠.

행복해 보이지 않는다구요? 행복의 기준은 사람마다 다른 거니까요.

이런 질문들 많이 받아 봤겠다구요? 그러니까 이렇게 바로바로 대답을 하겠죠.

질문 끝나셨나요? 네, 저 아직 이 나이 먹도록 미혼입니다.

미혼이어서 죄송한데요, 그런데 그게 뭐 어때서요? 저 때문에 피해 본 거 있으세요?

알고리즘

네가 그립다.
네가 보고 싶다.

동네 친구를 만나 잔을 기울인다.
세상에 여자가 한 명이냐며,
다시 또 시작하면 된다며
왁자지껄 웃고 떠든다.
잠시 너를 잊는다.

얼큰하게 취해 집으로 돌아오는 길,
갑자기 네 얼굴이 떠오른다.
나도 모르게 눈물이 흐른다.

네가 그립다.
네가 보고 싶다.

고등학교 동창을 만나 한 잔 술을 마신다.
이별이 대수냐며,
괜찮은 사람 소개해 준다며

기분 좋게 웃어 제낀다.
잠시 너를 잊는다.

얼큰하게 취해 집으로 돌아오는 길,
갑자기 네 얼굴이 떠오른다.
나도 모르게 눈물이 흐른다.

네가 그립다.
네가 보고 싶다.

대학 선배를 만나 포장마차에 자리를 잡는다.
다 그렇게 사는 거 아니냐며,
다른 사람 만나면 다 잊는다며
어깨동무하고 크게 노래를 부른다.
잠시 너를 잊는다.

얼큰하게 취해 집으로 돌아오는 길,
갑자기 네 얼굴이 떠오른다.
나도 모르게 눈물이 흐른다.

일련의 순서화된 절차
빠져나갈 수 없는 지독한 이별의 알고리즘

모도리

모도리가 되려고
애썼던 날들

누구보다 빠르고
정확하려고

밤늦도록 부단히
노력했던 나

모도리가 된다면
날 알아줄까

헛된 희망 품으며
꿈꿨던 시간

모도리가 되어서
무엇하려고

앞만 보고 그렇게
달려갔을까

모도리의 모습은
내가 아닌데

내가 가지지 못한
그 허황됨을

왜 그리도 열심히
좇았던걸까

앞만 보던 눈으로
주변을 보니

모도리를 좇는 이
세상에 많네

모도리가 무언지
나는 누군지

잊혀진 나의 모습
찾아봐야지

그대들은 모도리
나는 그냥 나

모도리 아닌 인생
그게 나의 삶

큰 바위 얼굴

큰 바위 얼굴을 찾아
평생을 기다린 어니스트는

자신의 얼굴이 점점
큰 바위 얼굴과 닮아 감을 알지 못했다.

무심코 바라본
카페 유리창에 비친 내 얼굴은
무엇을 닮아 가고 있을까

즐거움도 노여움도 세월도
한데 어우러져 녹아 있는
그 얼굴에는
앞으로 또 어떤 색깔들이 입혀질까

"저기를 보세요, 어니스트 씨가 바로 큰 바위 얼굴을 닮
은 사람입니다."

이름 모를 누군가도
내 얼굴을 보고 외쳐 줄까

면도

면도를 하다 얼굴을 베어
붉은 피가 흐른다.

흐르는 피를 닦아 내고
다시 거울을 본다.

뭐 볼 게 있는 얼굴이라고,
흠집이 날까 걱정됐는지.

덥수룩한 수염을 정리하고 나니
그나마 나쁘지 않은 얼굴이다.

얼굴에 흐르던 피는 멈췄는데
내 속에 흐르던 피도 멈췄을까.

나를 보여 주는 것은
얼굴이 아닌 마음일 텐데

나는 왜 매일 아침
마음이 아닌 얼굴을 가꿀까.

면도칼에 베인 것은
얼굴이었을까 마음이었을까.

방류

댐의 문들이 열리고 물이 흘러 나간다.

폭포 같은 소리를 내며 우렁차게 쏟아진다.

흘러 내려가는 물들로 강의 수위가 맞춰진다.

물과 함께 물고기들도 새로운 세상으로 나아간다.

내 안에도 멀리 쏟아 내고 흘려보내야 할 것들이 많다.

화, 짜증, 나태, 교만, 시기, 탐욕, 불성실, 불만 그리고 대충

마음의 문을 열고 이 모든 것들을 쏟아 내면 내면의 수위
가 맞춰질까.

내 마음의 댐은 언제쯤 문이 열려서 폭포처럼 우렁차게
방류를 시작할까.

선

지인으로부터 연락처를 받고 대강의 브리핑을 듣는다.
조금은 귀찮기도 하지만 그래도 지인을 생각해 거절하진
않는다.

조심스레 문자를 보내 약속 장소와 시간을 잡는다.
첫인상이 중요하므로 최대한 예의 바른 말투로 응대한다.

카톡 프로필과 SNS에 들어가 미리 사진을 찾아본다.
얼굴 사진은 없고 풍경 사진과 음식 사진만 있어서 아쉽다.

미리 예약하여 창가 쪽 조용한 자리를 잡는다.
당일에는 약속 장소에 10분 정도 먼저 도착한다.

평소에 잘 입지 않던 정장이라 조금은 불편하다.
머릿속으로 예상되는 질문과 대답들을 연습해 본다.

세상 어색한 인사를 하고 자리에 마주 앉는다.
먼저 주문을 하고, 날씨 이야기로 대화를 시작한다.

약속이나 된 듯 서로의 껍데기를 먼저 조사한다.
외모, 직업, 가족관계, 취미, 사는 곳, 혈액형 등등

첫 만남에 내면까지 알 수 없음은 서로 잘 안다.
어쩔 수 없이 서로의 겉만 파악하고 일단 헤어진다.

귀가 확인 문자를 주고 받고, 다음 주말에 다시 만나자고
한다.
가끔씩 출근은 잘 했는지, 식사는 했는지 형식적 문자가
오간다.

그렇게 2, 3주에 걸쳐 두 번 또는 세 번의 만남이 더 이루
어진다.
조금은 편해지기도 했지만, 여전히 어색함이 감돈다.

이제 여기서 더 나가야 할지 멈춰야 할지 고민이 시작된다.
솔직히 아주 마음에 드는 것도, 너무 싫은 것도 아니다.

지인에게서 연락이 온다. 어떻게 되어 가고 있냐고
고민 중이라고 말할 수가 없어서 몇 번 더 보기로 했다고
둘러댄다.

상대방도 나와 비슷한 고민을 하고 있으리라 짐작된다.
결국 누가 먼저 용기있게 결단을 내리느냐의 싸움이다.

그렇게 시간이 흐르다 보면 문자가 한 통 온다.
"좋은 분이시지만, 인연은 아닌 것 같아요. 더 좋은 사람
만나시길"

이 무슨 평생 풀지 못할 난제인가.
좋은 분인데 왜 본인이 만나지 않을까.

선은 어렵다.
만남은 힘들다.

나도 모르겠는 내 속은 더 어렵다.
좋은 분을 마다하는 그 사람들은 더더욱 어렵다.

화

길거리에 모여 있던 비둘기들이
푸드득 먼지를 내며 갑자기 날아간다.
화가 난다.

늦어서 빨리 우회전을 해야 하는데
앞차가 직진을 하려고 막고 있다.
화가 난디.

밥 차리기 싫어서 짬뽕을 시켰는데
30분이 지나도록 오지를 않는다.
화가 난다.

잘 자다가 화장실을 가려고 일어났는데
가는 중에 문턱에 발을 찧었다.
화가 난다.

그렇게 잘 나가던 팀인데
내가 경기를 보면 꼭 진다.
화가 난다.

해야 할 일은 산더미처럼 많은데
컴퓨터는 아직도 세월아 네월아 부팅 중이다.
화가 난다.

얼른 뛰어가서 엘리베이터를 잡아 탔는데
내가 타자마자 삐 하고 경보음이 울린다.
화가 난다.

휴일 오후 꿀맛 같은 낮잠을 자는 중에
전화가 와서 깼는데 보험 가입 권유다.
화가 난다.

오랜만에 짜파게티를 먹으려고 물을 끓이는데
끓는 물에 면과 스프를 모두 넣어 버렸다.
화가 난다.

책상을 정리하고 필요 없는 것들을 버렸는데
그 안에 중요한 메모가 끼어 있었다.
화가 난다.

기름을 넣을까 말까 망설이다가
다음날 가 보니 50원이 올랐다.

화가 난다.

네가 보고 싶어 미칠 것 같은데
네가 떠나간 건 모두 내 탓이다.
화가 난다.

밥을 먹다

열심히 한다고 했는데 성적이 많이 떨어졌다.
부모님 한숨 소리가 방 안까지 들린다.
그래도 밥은 먹어야지.

그렇게 했는데도 올해도 취업은 물 건너간 것 같다.
취업에 성공한 친구들이 너무 부럽다.
그래도 밥은 먹어야지.

지각을 해서 상사에게 심하게 한소리 들었다.
저 사람만 없으면 정말 즐거울 것 같다.
그래도 밥은 먹어야지.

능력 없는 그 상사가 줄을 잘 서서 승진을 한다.
직장생활 저렇게 하면 안 되는데, 짜증난다.
그래도 밥은 먹어야지.

친하지도 않은 직장 동료가 청첩장을 주었다.
주말에 쉬지도 못하고 돈과 시간을 허비해야 한다.
그래도 밥은 먹어야지.

잠깐 한눈을 판 사이에 앞에 있던 외제차를 받았다.
보험 처리를 해도 수리비가 꽤 많이 나왔다.
그래도 밥은 먹어야지.

주식으로 대박이 난 친구가 밥을 산다고 한다.
나보다 공부도 못했던 녀석인데 배가 아프다.
그래도 밥은 먹어야지.

며칠 동안 기다리던 택배가 드디어 도착했다.
기쁜 미음으로 상자를 열었는데 물건이 깨져 있다.
그래도 밥은 먹어야지.

주머니에서 핸드폰을 꺼내다가 떨어트려 액정이 깨졌다.
수리비를 물어보니 새로 사는 게 낫다고 한다.
그래도 밥은 먹어야지.

몸이 안 좋아서 병원에 갔더니 지방간이 있단다.
살을 빼야 좋아질 수 있다고 한다.
그래도 밥은 먹어야지.

그토록 사랑했었는데, 그런 네가 나를 떠나갔다.
아무 생각도 안 나고 하염없이 눈물만 흐른다.
그래도 밥은 먹어야 할까?

운전

봄날인 듯 따뜻한 2월의 어느 날
창을 활짝 열고 강변도로를 달린다.

눈이 부실만큼 쏟아지는 햇볕과
추위보다는 시원함을 주는 강바람

어디론가 바삐 가고 있는 자동차들과
언뜻 보이는 공원의 수많은 사람들

라디오 DJ의 활기찬 목소리와
나른함을 깨워 주는 신나는 노래들

누군가 잘 모아 놓은 양떼 구름과
나를 반겨 인사하는 듯 한강의 다리들

모든 것이 완벽하게 갖춰진 오랜만의 운전
단 하나, 목적지만 없을 뿐.

코이의 법칙

같은 물고기라도

어항에 기르면
피라미가 되고

강에 놓아 기르면
대어가 된다는데

비루한 내 인생도
큰 바다로 갈 수 있을까

색

빨간색

장미

카펫

내복

십자가

소방차

신라면

벽돌

김치

피

보스턴 레드삭스

불

정육점

파란색

하늘

사파이어

파랑새

청바지

청기와

블루베리

비빔면

이케아

전기차 번호판

토론토 블루제이스

소주병

god

노란색

해바라기

유치원

바나나

황금

병아리

이마트

개나리

나비

귤

샌디에이고 파드리스

콩나물

계란말이

무색

나

새벽

깨어 있는 자만의 시간

모든 것이 잠든 뒤의 여유

나만이 알 수 있는 적막

모두가 침묵하는 고요함

빛이 사라진 세상

공간을 지배하는 어둠

외부와의 단절

철저히 고립된 고독

스스로 즐기는 외로움

내가 마주하는 또 다른 나

생각과 생각의 만남

상상과 공상의 조화

이상과 현실의 뒤바뀜

육신과 영혼의 공생

그리움을 만나는 슬픔

과거로 돌아가는 기쁨

시리면서도 따뜻한 마음

머리와 가슴의 합일

감각으로만 알 수 있는 것들

낮에는 절대로 볼 수 없는 것들

새벽이 가져다 준 이 모든 선물

어깨

어깨에 짐이 무겁나요?
이리 오세요, 같이 들어요.
이렇게 말해 주고 싶은 사람

어깨에 짐이 무겁나요?
그래요, 정말 쌤통이네요.
이렇게 말해주고 싶은 사람

어깨에…… 아무 짐도 없네요?
맞아요, 아무것도 안 하니 짐도 없겠죠.
이런 말조차 섞기 싫은 사람

시장

시장
여러 가지 물건들을 사고파는 곳

시장
지방 자치 단체 '시'의 책임자

시장
배가 고픔

시장
시험을 보기 위한 시설을 갖추어 놓은 곳

시장
시를 쓰기 위한 장고의 고통

단축키

Alt + Tab
원하는 프로그램으로 이동

Ctrl + 스크롤
화면 확대 및 축소

Ctrl + Shift + T
인터넷 창 복구

Alt + D
주소창 바로가기

Ctrl + D
즐겨찾기 추가

Ctrl + W
급하게 창 닫음

Ctrl + N

새 창 열기

Ctrl + T

새 탭 열기

Ctrl + F

페이지 내에서 단어 검색

Ctrl + Z

작업 실행 취소

Ctrl + Y

취소 작업 재실행

Alt + F4

작업 중인 창 닫기

Alt + Enter

파일 속성 보기

Ctrl + F

찾기 기능

Ctrl + P

인쇄하기

Shift + 다시 시작

갑작스럽게 재부팅

내 인생

혼자 사는 40대 남자의 일요일

10시 30분 기상
간단하게 시리얼과 우유로
아침식사 해결
영양제 두 알 복용

11시 30분 청소
각종 물건들을 책상 위에 올리고
로봇청소기 가동
걸레를 빨아서 깔끔하게 물걸레질

12시 30분 빨래
일주일 치 빨래들을 모아서
세탁기에 넣고
다음 주에 입을 옷들 정리

1시 분리수거
비닐, 플라스틱, 종이, 음식물쓰레기
종류별로 분류해서 분리수거장으로
페트병의 라벨은 꼭 제거

2시 점심
밥 차리는 것도 귀찮은 일요일 낮엔
짜장면 한 그릇이 최고
번개처럼 빨리 오는 배달원 아저씨

2시 30분 빨래 널기
겉옷, 속옷, 수건 잘 털어서
해가 잘 드는 창가 아래
빨래건조대를 펴고 차곡차곡 널기

3시 낮잠
그렇게 늦잠을 잤는데도
또 잠이 밀려오는 나른한 오후
일주일을 버틸 수 있는 힘

5시 TV 시청
수많은 채널 속의 다양한 프로그램들
일요일이니까 유쾌하게 웃을 수 있는
예능 프로그램 중심으로

7시 저녁
뭘 먹을까 고민하다가

그냥 찌개 하나 끓여서
밑반찬과 함께 해결하고 설거지까지

9시 뉴스 시청
이번 주에 있었던 세상일들 정리
언제나 좋은 소식보다는 나쁜 소식이 한가득
보기 싫으면서도 자꾸 보게 되는 뉴스

11시 취침
자려고 누웠지만
월요일 걱정으로 뒤척뒤척
그냥 이렇게 지나 버린 일요일

세상도 나에게 관심이 없고
나도 세상에 신경 쓰지 않는
혼자 사는 40대 남자의 일요일

생각

매일이 그렇듯
오늘도 피곤한 하루였다.

자려고 누웠는데
그가 생각이 난다.

내가 일을 그렇게 못 하니?
제대로 가르쳐 준 적은 있니?

그 인간 생각 때문에
오늘도 잠이 안 온다.

다른 생각하려 애쓰다가
갑자기 네가 생각이 난다.

넌 항상 그런 식이야, 뭐가 미안한지는 알어?
꼭 그렇게 말해야 속이 시원하겠어?

그렇게 떠나간 네 생각 때문에
오늘도 잠이 안 온다.

이리 뒤척 저리 뒤척하다가
갑자기 친구가 생각이 난다.

정말 급해서 그런데 부탁 좀 할게,
다음 달까지는 무슨 일이 있어도 갚을게.

그렇게 연락 끊긴 친구 생각 때문에
오늘도 잠이 안 온다.

이제는 정말 자야지 하다가
갑자기 친척 어른이 생각이 난다.

너 아직도 짝 못 찾았니?
너 도대체 어쩌려고 그러니?

명절 때마다 속을 긁는 친척 생각 때문에
오늘도 잠이 안 온다.

밤은 짧고 생각은 많다.
오늘도 잃어버린 소중한 나의 잠이여

세월

약관
철없이 살았다.
처음 마주한 자유를 느끼며
무엇이든 마음먹은 대로
할 수 있을 줄 알았다.
가진 건 없지만 젊음이 있었다.

이립
치열한 20대를 지나 직업을 가졌다.
여러 차례 실패의 경험을 하며
세상의 무서움을 조금씩 알게 됐다.
매사에 조심스러워지고
패기보다는 안정을 선호하기 시작했다.

불혹
어렸을 때 바라본 마흔 살은
정말 큰 어른이었는데
아직 가정을 꾸리지도 못했다.
나서지 않고 중간만 가는 법을 터득했고

무엇을 하든 혼자인 것이 점점 더 익숙해졌다.

지천명
내가 누구인지 깨닫고 싶다.
누군가에게 의존하지도, 탓하지도 않는
진정한 나만의 인생을 살아 보고 싶다.
행복하지는 않더라도 불행하지도 않은
미움도 증오도 없는 평화를 얻고 싶다.

이순
세상 모든 것들을 이해하고 싶다.
나를 이해하고 남을 이해하며
이해를 위한 이해가 아닌
자연스레 세상만사를 이해하고 싶다.
그 무엇에도 흔들리지 않는 나이고 싶다.

고희
물 흐르듯 흘러가고 싶다.
세상이 흘러가는 방향으로
그렇게 함께 흘러가고 싶다.
생의 끝이 가까워져 가지만
그 끝이라도 조용히 흘러가고 싶다.

컵

잠에서 깨어 목이 마를 때
물을 따라 마시는
물잔

언제든 반가운 친구와
술 한잔 기울일 때는
소주잔

복잡한 머리를 식히며
커피 한잔 마실 때는
머그컵

그녀를 만나 분위기를 내며
데이트를 즐길 때는
와인잔

힘들었던 오늘
하루의 피로를 날려 주는
맥주컵

먼 길 가면서
따뜻한 물이 필요하면
텀블러잔

추운 몸을 녹여 주는
지하철 역 자판기 커피는
종이컵

아버지만 드실 수 있는
장 속의 비싼 술은
양주잔

환경을 생각하고
지구를 살리는
리유저블컵

캠핑을 가서
분위기에 취할 때는
캠핑컵

컵들은 모두
자신의 자리가 있는데
세상 어딘가에 나의 자리도 있을까.

뜨거움

세상은 삭막하고
내 속은 마른다.

사막의 태양처럼
녹아내린다.

무엇이 문제일까
말라만 간다.

피부가 탈 것 같고
목이 마른다.

눈을 뜨기도 힘든
묘한 뜨거움

모두를 말려 버릴
강렬한 온도

무엇이든 어디든
숨을 수 없고

입술은 바싹 말라
피가 흐른다.

머리가 지끈지끈
숨은 가쁘고

한 걸음 내딛기도
두려운 육신

힘겨운 발걸음을
옮겨 보지만

곧바로 찾아오는
뜨거운 저항

앞으로 나갈수록
더하는 고통

뒷걸음질 치다가
만나는 것은

뜨거워진 세상의
뜨거워진 나

힘

상사 때문에 힘들어

월급이 적어서 힘들어

헤어져서 힘들어

잠을 못 자서 힘들어

감기 걸려서 힘들어

전셋집 구하느라 힘들어

성적이 떨어져서 힘들어

어제 과음을 해서 힘들어

체력이 약해져서 힘들어

취업이 안 돼서 힘들어

연애를 못 해서 힘들어

대출금 때문에 힘들어

주식이 떨어져서 힘들어

애인과 다퉈서 힘들어

핸드폰이 고장나서 힘들어

집이 멀어서 힘들어

네가 너무 보고 싶어 정말 힘들어

섬

우리나라의 섬
3천여 개

미륵도
비금도
고금도
암태도
석모도
도초도
대부도
임자도
청산도
보길도
신지도
금오도
돌산도
거금도
안좌도
창선도

자은도
압해도

그리고
섬 하나를 더하고 싶다.

아무도 찾지 않는 무인도
나라는 섬.

머리

언제부턴가 습관적으로
3주에 한 번씩 머리를 자른다.

그렇게 길지도 않았는데
자르지 않으면 뭔가 답답한 느낌

누가 봐 주는 사람도 없는데
왠지 모르게 잘생겨지는 느낌

볼품없는 얼굴에
자른다고 달라질 것도 없지만

무료한 일요일 오후
잠시 바깥 바람을 쐴 수 있어 좋고

앞에서 기다리는
동네 아주머니들의 수다가 재밌고

미용실 아저씨의
구수한 전라도 사투리가 흥겹고

사각사각 잘라 나가는
가위질 소리가 즐겁다.

머리를 자른다고
사람이 바뀌진 않지만

머리를 감고 기울을 보니
새 사람이 된 것 같은 느낌

그래서 난 언제부턴가 습관적으로
3주에 한 번씩 머리를 자른다.

내 말로

사랑한다는 말

미국에서는 아이 러브 유

독일에서는 이히 리베 디히

프랑스에서는 주 뗌므

중국에서는 워 아이 니

일본에서는 아이시떼루

필리핀에서는 마할 키타

아랍에서는 우히부카

루마니아에서는 떼 이유베스크

러시아에서는 야 류블류 바스

이탈리아에서는 띠 아모

포르투갈에서는 고스뜨 무이뜨 드 뜨

스페인에서는 떼 끼에로

네덜란드에서는 이크 하우 반 야우

헝가리에서는 쎄레뜰렉

내 말로
속으로는 사랑해
겉으로는 침묵

오늘도 전하지 못한
사랑한다는 말

3章

너

종루

고운 눈물 속에 너를 뒤로하고
애써 아우르길 다독였던 길

그래 보내야지 마음을 삼키고
부디 잊혀지길 보듬었던 길

여러 해가 넘어 추억을 더듬고
행여 떠오르길 마주 보던 길

그 길
종루 앞 그 길

별하

너는 단미이다.
너는 아금받다.
너는 다은하다.
너는 도담도담했다.
너는 모도리이다.
너는 또바기 살아왔다.
너의 마음은 샘밑이다.
너는 겨르로이 걸어온다.
너와 함께 한 시간은 달보드레 같다.
너는 진정한 띠앗머리를 안다.

윤슬처럼 별하!

비나리

어제도 오늘도 너를 떠올리는 것은
한 번도 잊지 못했던 아련한 추억의
따뜻한 입김을 느낌이다.

저문 해를 바라보며 그 때로 돌아가는 것은
마음 속 깊숙이 남아 있던 그 때 너의
또렷한 얼굴을 떠올림이다.

잠 못 이룬 깊은 밤 끝없이 뒤척이는 것은
하염없이 부족했던 그 때 나의
굳게 닫힌 마음을 돌아봄이다,

밝아오는 아침에도 못내 아쉬움이 남는 것은
보듬어 주지 못했던 그 때 그 시절의
때 지난 향기를 음미함이다.

찬란한 태양에도 눈이 부시지 않는 것은
마지못해 돌아섰던 그 마음의
힘들었던 풍경을 바라봄이다.

많은 때를 지나 아직 너를 담고 있는 것은

못내 눈물짓던 순수했던 너의

비나리를 바람이다.

구름 낀 날

맑고 화창했던 하루였는데
갑자기 구름이 끼었다.

이건 이래서 아니고
저건 저래서 아니야
이건 내 생각과 다르니
너는 내 생각대로 해

맑고 화창했던 하루였는데
갑자기 구름이 끼었다.

너라는 먹구름

가장

한 끼를 해결하려 식당에 들어선다.
내가 가장 좋아하는 국밥

몇 글자 적어 보려 연필을 꺼내 든다.
내가 가장 좋아하는 연필

외출을 하려 장롱 속의 옷을 꺼내 입는다.
내가 가장 좋아하는 옷

야구를 보려 야구장에 들어선다.
내가 가장 좋아하는 선수

마음을 달래려 책을 골라 본다.
내가 가장 좋아하는 작가

머리를 식히려 카페에 들어간다.
내가 가장 좋아하는 커피

바람을 쐬러 산책을 나선다.
내가 가장 좋아하는 길

피곤한 몸 쉬려 잠을 청한다.
내가 가장 좋아하는 이불

기억을 더듬어 잠시 그 때로 돌아간다.
내가 가장 좋아했던 너

거꾸로 돌려도

토마토
아시아
아리아
기중기
기러기
일요일
스위스
실험실
장발장
역삼역
오디오
수비수
트로트

거꾸로 돌려도
똑같은 인생일까.

풍경

저녁 풍경을 바라보며 오늘도 상념에 젖는 것은 비단 오늘 하루가 힘들어서가 아닌 일 년 열두 때 서른 날이 힘들고 버티기 힘들어서는 아닐까.

달 아래 마주치는 수많은 풍경들이 나에게 위로이며 채찍임을 깨닫는 것은 오늘도 홀로 이겨 내야 하는 가슴의 울부짖음은 아닐까.

그대와 함께 있던 밤, 그 밤의 풍경이 아직도 내 마음 속에 스며 있는 것은 잊어야지 하면서도 잊지 못하는 어리석음의 발현이 아닐까.

오늘의 이 풍경이 내일도 사라지지 않을 것임을 느끼는 것은 언제나 그 자리에 변함없이 서 있지 못하는 초라한 내 자신의 서툰 기대가 아닐까.

행복한 풍경을 꿈꾸면서도 행복하지 못한 현재의 모습에 자괴감이 드는 것은 말하지 못하고 숨겨 왔던 내 안의 그 작은 한 마디 외침이 아닐까.

답답한 일상을 살아가는 법

답답한 일상을 살아가려면
강남에 50평 아파트가 필요하다.

답답한 일상을 살아가려면
최고급 스포츠카가 필요하다.

답답한 일상을 살아가려면
엄청난 고학력이 필요하다.

답답한 일상을 살아가려면
아주 많은 통장 잔고가 필요하다.

아니다.

답답한 일상을 살아가려면
네가 필요하다.

독선

우리는 한 가족이야

너의 헌신에 감사해

젊어 고생은 사서도 하는 거지

회식은 당연히 의무야

점심 식사는 다 함께 해야지

야근하고 나가면 공기 참 좋지

아직 잘 몰라서 그래

나를 따르라 毒, 善

청도 감

청도에 가면 감이 흔해서 집마다 한두 그루의 감나무를 볼 수 있다고 한다.

청도의 반시는 씨가 없는 감으로 유명하다고 한다.

다른 지역 감나무를 청도에서 심으면 씨가 없어지고 청도의 감나무를 다른 지역에 심으면 그 열매에 씨가 난다고 한다.

청도의 감나무들은 수컷 없이 암컷들만 모여 살아서 그렇다고 한다.

너를 잃은 나와 비슷하다.

해 질 녘

해 질 녘,
한강에 나가 저무는 해를 바라본다.

어제도 보았고, 내일도 볼 수 있지만
오늘의 저무는 해는 저 해가 유일하다.

해 질 녘,
한강에 나가 저무는 해를 보며 너를 떠올린다.

어제도 보았고, 내일도 볼 수 있지만
오늘의 너는 지금의 너가 유일하다.

해 질 녘,
한강에 나가 저무는 해를 바라보고 너를 떠올리며
살며시 웃음 짓는다.

너를

너를 잃어버린 밤,

숨 죽은 듯 내려앉은 어둠도
잿빛 도시의 적막함도
가녀리게 버티고 있는 초생달도

모두가 너로 인해 잊혀지는 밤

인적이 사라진 골목길도
드문드문 보이는 초라한 별빛도
하나둘 꺼져 가는 형광등도

모두가 너로 인해 흐려지는 밤

손 맞잡고 함께 걷던 공원도
울고 웃었던 영화도
내 가슴 따뜻하게 채워 주었던 노래도

모두가 너로 인해 기억되는 밤

돌

캄브리아기, 오르도비스기, 데본기
어려운 말들 속에도 돌은 있었다.

노르웨이, 페루, 룩셈부르크
아주 멀리 떨어진 곳에도 돌은 있었다.

친구네 집, 할머니 댁, 동네 공터
친근한 공간에도 돌은 있었다.

비료 공장, 무역회사, 관리사무소
생소한 장소에도 돌은 있었다.

나의 머릿속, 나의 가슴속
또렷한 마음에도 너는 언제나 돌처럼 있었다.

양지

서늘한 가을날
양지로 나선다.
햇빛은 언제나
내 몸을 감싸고
따스한 온기를
나에게 건넨다.
양지는 그렇게
나에게 위로가
되어준 존재다.
나에게 위로가
되어준 너에게
찾아가 한번도
말하지 못했던
그 말을 건넨다.
넌 내게 양지야.

오청

색청, 얼굴빛이 변한다.

기청, 숨을 헐떡거린다.

사청, 말이 번거롭다.

이청, 제대로 듣지 못한다.

목청, 눈에 정기가 없다.

나는 진심인데,

네 앞에서는 오청이 흔들린다.

네가 좋은가 보다.

피로

아침에 눈을 뜨기가 너무 힘들다.
오늘도 출근해야 하나, 몸이 천근만근이다.

눈을 뜨긴 떴는데 일어나지지 않는다.
또 다시 만나야 할 상사라는 인간이 너무 싫다.

몸은 일으켰는데 걱정이 태산이다.
그 업무는 제대로 알지도 못하고 해 본 적도 없다.

몸을 일으켜 집을 나섰는데 머릿속은 하얗다.
오늘도 기다리고 있을 야근이 두렵다.

내 안의 피로는 네가 준 선물
반품도 안 되는 악마의 선물

애착

커피를 마시려고 물을 끓인다.
펄펄 끓는 주전자의 연기 속에 네가 있다.

풍경을 보기 위해 창을 연다.
희미하게 먼지가 내려앉은 창틀에 네가 있다.

외투를 벗어 옷걸이에 건다.
오래된 옷걸이의 곡선에 네가 있다.

잠을 자려고 이불을 편다.
따뜻한 솜이불의 포근함 속에 네가 있다.

샤워를 하기 위해 물을 튼다.
쏟아지는 샤워기 물줄기 사이에 네가 있다.

책상에 앉아 책을 펼친다.
낡은 책장의 촉감에 네가 있다.

헝클어진 머리를 다듬으려 거울을 본다.
나를 보는 나의 시선에 네가 있다.

벽에 걸린 액자를 똑바로 다시 건다.
기울어진 액자의 틀 속에도 네가 있다.

머리를 식히려고 TV를 켠다.
진지하게 연기 중인 배우의 얼굴에 네가 있다.

의자에 몸을 기대어 눈을 감는다.
낡은 의자의 삐그덕 소리에 네가 있다.

물을 꺼내려고 냉장고를 연다.
서늘하고 차가운 냉기에도 네가 있다.

카페에 앉아 노트북을 펼친다.
검은색 빈 화면에 네가 있다.

이어폰을 꽂고 노래를 재생한다.
누군가의 애절한 목소리에 네가 있다.

인스타그램을 열고 네 계정에 들어간다.
오래된 사진 속에 여전히 네가 있다.

네가 있다. 아니, 너는 이제 내 곁에 없다.
그런데 왜 네가 있을까.
모든 곳에 왜 네가 있을까.
모든 시간에 왜 네가 있을까.

구글

영어 단어 뜻을 몰라
구글로 알아본다.
아, 이런 뜻이었구나.

친척 집에 가는 길이 헷갈려서
구글에 찍어 본다.
이렇게 가면 더 빠르구나.

가을 풍경이 보고 싶어
구글로 검색해 본다,
우리나라 가을 풍경이 이렇게 예쁘구나.

된장찌개 맛있게 끓이는 법이 궁금해서
구글로 찾아본다.
생각보다 어려운 게 아니었구나.

내일 비가 오는지 안 오는지
구글을 열어 본다.
내일은 우산을 준비해야겠구나.

너를 돌아오게 하려면 어떻게 해야 하는지

구글에 물어본다,

구글도 모르는 게 있구나.

러시아 혁명사

오랜만에 찾아간 도서관에서
우연히 눈에 들어온
러시아 혁명사를 꺼내어 본다.

라스푸틴
하바로프
니콜라이 골리친
마하일 로쟌코
니콜라이 치헤이제
케렌스키
세르게이 세묘노비피 카발로프
알렉산드르 실라프니코프
이름도 참 복잡하구나.

혁명, 내전
어지러웠던 100여 년 전 러시아인들의
숨소리를 들여다본다.

우리는

이름이 복잡하지도

혁명을 하지도

교전을 하지도 않았는데

떠나간 너를 그리워하는 이 마음은

왜 이리도 복잡하고 어지러울까.

이야기

요즘에도 계속 같은 티만 입고 다니나요?
큐티

밥 먹었어요? 혹시 굴 좋아하시나요?
아름다운 당신의 얼굴

당신 때문에 기름을 하나밖에 못 쓰고 있어요.
온리유

오늘도 같은 상표의 옷을 입으셨네요.
천사표

당신의 혈액형은 금방 알 수 있네요.
인형

얼굴에 풀이 묻었어요.
뷰티풀

당신에게서 벽이 느껴져요.

완벽

더 이상 어떤 이야기를 해야

널 향한 마음을 전할 수 있을까.

전가의 보도

전할 傳 집 家 보배 寶 칼 刀
양반 집안에서 대대로 전해 내려오는 보검

눈이 오는 날에 지각을 했을 때는
차가 막혀서 늦었다는 전가의 보도가 있다.

지휘관에게는 부대원들을 통제하기 위해
휴가 제한이라는 전가의 보도가 있다.

여러 사람이 모인 회식자리에서는
부장님의 카드라는 전가의 보도가 있다.

선생님들에게는 학업 향상을 위해
시험 문제라는 전가의 보도가 있다.

국세청에는 비리 기관 척결을 위해
세무 감사라는 전가의 보도가 있다.

떠난 너를 돌아오게 하려면
어떤 전가의 보도가 있어야 할까.

식사

휴일 아침
늦게까지 꿀잠을 자고
간단하게 시리얼과 우유로
아침 식사를 때운다.

TV를 보며 누워 있다 보니
어느새 점심 때
뭘 먹을까 고민해도
떠오르는 게 없어
냄비에 물을 올리고
짜파게티 한 봉지를 꺼낸다.

눈 깜짝할 새 지나간 휴일
해는 어둑어둑해지고
특별히 배가 고프지는 않아도
끼니는 채우려 배달앱을 열어
도시락을 주문한다.

나도 삼시세끼
잘 챙겨 먹으면서 산다.

너도 그렇니?

너울성 파도

지난주 목요일은 특별할 것이 전혀 없는 평범한 날이었다.
그런데 갑자기 마음속에 큰 파도가 일어났다.

이틀 전 월요일은 굉장히 바쁜 정신 없는 날이었다.
일 때문에 정신없다가 갑자기 마음에 파도가 일어났다.

오늘 저녁에는 오랜만에 친구들을 만나 즐거운 시간을 보
냈다.
큰 소리로 웃고 떠드는 중에 갑자기 마음속 파도가 일었다.

내일도 별다를 것 없는 그저 그런 날일 것이다.
그리고 내일도 어느 순간 큰 파도가 올 것이다.

너는 항상 이렇게 갑자기 내 마음에 찾아온다.
예상 못한 순간 내 마음에 너울성 파도처럼 다가온다.

나도 너 모르게 네 마음으로 갑자기 찾아가고 싶다.
너울성 파도가 되어 크게 일고 싶다.

치고 달리기

RUN and HIT
투수가 공을 던지는 순간
주자는 다음 베이스를 향해 달리고
타자는 원하는 공에만 타격을 한다.

HIT and RUN
타자는 공을 반드시 쳐야 하고
주자는 투수의 투구 동작과 동시에
다음 베이스를 향해 달린다.

네가 날 부르면,
네가 날 부름과 동시에
난 너를 향해 달려가야 한다.
달려가고 싶다.

내비게이션

목적지

치악산 자연휴양림

무료도로 127km

소요시간 2시간 2분

목적지

첨성대

추천도로 366km

소요시간 4시간 9분

목적지

창원NC파크마산야구장

추천도로 357km

소요시간 4시간 38분

목적지

한국교통안전공단 상암자동차검사소

무료도로 13km

소요시간 18분

방류放流

목적지

마이산 탑사

추천도로 242km

소요시간 3시간 43분

목적지

충주호 유람선 회나루 선착장

무료도로 178km

소요시간 2시간 53분

목적지

고석정

추천도로 106km

소요시간 1시간 38분

목적지

간절곶

추천도로 400km

소요시간 5시간 7분

목적지

네가 있는 곳

검색 결과 없음

소요시간 영원

지하철

용산에서 남동구청으로 가려면
1호선을 타고 부평역에서 인천 1호선으로 환승
다시 인천시청역에서 인천 2호선으로 환승

왕십리에서 남태령으로 가려면
수인분당선 타고 선릉에서 2호선으로 환승
다시 사당에서 4호선으로 환승

까치산에서 몽촌토성으로 가려면
5호선 타고 여의도에서 9호선 급행으로 환승
다시 석촌역에서 8호선으로 환승

무악재에서 서울숲으로 가려면
3호선 타고 고속터미널에서 7호선으로 환승
다시 강남구청에서 수인분당선으로 환승

지하철 노선도를 아무리 들여다봐도
그립고 그리운 너의 마음으로 가려면
어디서 몇 호선을 타고 어디서 환승을 해야 하는걸까

이사

이제 이사를 가야 한다.
정도 많이 들었는데,
아쉽지만 가야 한다.

꽤 오랜 시간을 있었다.
때로는 기쁘게, 때로는 슬프게
참 많은 추억이 있다.

너무 늦게 가는 거다.
진작에 갔어야 하는데
무슨 미련이 그리 많았는지.

이번에는 꼭 가야지,
굳게 마음을 먹었다가도
어느 순간 또 마음이 약해졌다.

그런데 이번에는 꼭 가야 한다.
더 이상 버티고 있기에는
내가 너무 힘들다.

이제 그만 나가 줘.

내 마음 속에 자리를 내 줘.

다른 사람이 들어올 수 있게.

커피

갈증이 심하게 나서
물을 마셨어요.

배가 많이 고파서
밥을 먹었어요.

너무 피곤하고 졸려서
잠을 잤어요.

너무 보고 싶어서
당신을 보러 왔어요.

우리 커피 한잔 할까요?

노래방

1845
신해철
연극 속에서

9035
서태지와 아이들
지킬 박사와 하이드

4098
크래쉬
니가 진짜로 원하는 게 뭐야

19390
넬
기억을 걷는 시간

9446
강현민
늘

5921

델리스파이스

달려라 자전거

9691

김동률

다시 사랑한다 할까

3704

이승환

붉은 낙타

9526

토이

좋은 사람

1915

공일오비

텅빈 거리에서

9058

시나위

크게 라디오를 켜고

내 마음을 울리는
노래 번호는 다 아는데

내 마음을 설레게 하는
당신의 번호는 모르겠네요.

손가락

손가락으로 할 수 있는 것

하트
최고야
욕
저리가
이리와
약속
삿대질
브이
피아노
기타

그리고
따뜻한 온기를 느끼며
너의 손을 마주 잡는 일

김치볶음밥

우리 함께 자주 갔던
그 분식집에서 당신이 좋아하던
김치볶음밥을 혼자 먹고 왔어요.

옆 테이블의 연인도
갓 사랑을 시작했는지
서로 김치볶음밥을 떠 먹여 주네요.

똑같은 맛과 똑같은 풍경의
그 분식집에서
우리의 모습들이 떠오르네요.

그릇, 반찬, 수저, 식탁보, 나
모든 것들은 다 그대로인데
당신만 여기 없네요.

당신 없이는 못 먹을 줄 알았던
그 김치볶음밥인데
오늘은 내 목의 식도를 타고 넘어가네요.

당신을 잊으려 우걱우걱 먹어 보네요.
그렇게 잊고 싶은 당신인데
먹으면 먹을수록 더 생각나네요.

숨죽여 울다 보니
맵고 짜던 그 김치볶음밥이
어느새 싱거워졌네요.

할 수 없는 일

고마워요.
언제나 내가 도울게요.

사랑해요.
내가 더 사랑해요.

너무 재밌어요.
평생 웃게 해 줄게요.

나 아파요.
내가 대신 아플게요.

정말 맛있어요.
언제든지 맛있는 거 함께 먹어요.

참 좋은 사람이에요.
나를 만나 준 당신이 더 좋은 사람이에요.

힘들어요.
내 품에서 편히 쉬어요.

무거워요.
세상의 짐들 다 나한테 맡겨요.

부탁이 있어요.
뭐든지 이야기하세요.

보고 싶어요.
당장 갈게요.

눈물이 나요.
늘 내가 닦아 줄게요.

넘어졌어요.
내 손을 잡아요.

심심해요.
내가 재밌게 해 줄게요.

외로워요.

항상 내가 곁에 있어요.

미안해요.

아무것도 미안해하지 말아요.

헤어져요.

그것만은 내가 할 수 없는 일이에요.

눈

지긋이 나를 바라보는 너의 눈 속에는
푸른 바다가 있다.

모든 것을 감싸 안을 그 거대함과
힘차게 몰아치는 큰 파도와
온 세상을 하얗게 만들 백사장이 있다.

수줍은 듯 나를 응시하는 너의 눈 속에는
파란 하늘이 있다.

끝없이 펼쳐진 드넓음과
세상 어디든 흘러가는 뭉게구름과
해와 달과 별을 품은 아늑함이 있다.

애틋하게 나를 쳐다보는 너의 눈 속에는
높이 솟은 산이 있다.

세상의 빛을 바꿀 듯 물들어 가는 푸르름과
끝이 보이지 않는 만큼 우뚝 선 나무들과

한 없이 투명하게 흘러가는 물이 있다.

나의 눈과 시선을 맞추는 너의 눈 속에는
넓은 벌판이 있다.

과거를 간직한 옛 터의 기운과
거침없이 뻗어 가는 용기와
끊임없이 샘솟는 정기가 있다.

언제나 맑고 또렷한 너의 눈 속에는
커다란 동굴이 있다.

세상을 빨아들일 듯한 웅장함과
누구도 알 수 없는 비밀과
아무도 쉽게 받아들이지 않는 신비함이 있다.

나를 설레게 했던 너의 눈 속에는
모든 것이 있었다.

바다도, 하늘도, 산도, 벌판도, 동굴도
모든 것이 담긴 그 눈이었지만
그 눈 속에 나는 없었다.

참기름

비빔밥을 해야지.

온갖 나물을 준비해서
밥 위에 얹고
고추장을 넣고 버무린다.

그리고 그 위에
참기름 한 방울 똑 떨어트린다.

김밥을 만들어 봐야지.

햄, 당근, 계란, 단무지, 시금치
길어 썰어서 놓고
큰 양푼에 밥을 담고 깨소금을 뿌린다.

그리고 그 위에
참기름 한 방울 똑 떨어트린다.

소고기뭇국을 끓여 봐야지.

무, 대파, 양파, 고기
나박썰기, 어슷썰기로 썰어서
냄비에 넣고 볶아 준다.

그리고 그 위에
참기름 한 방울 똑 떨어트린다.

육회를 먹어 봐야지.

고기, 배, 무, 날계란
한데 넣고 손으로 쓱쓱 버무리다가
간장 한 숟갈 넣어 준다,

그리고 그 위에
참기름 한 방울 똑 떨어트린다.

새롭게 다시 시작해 봐야지.

나이만 먹고 별 볼일 없는 내 인생
자랑할 것도 더 내세울 것도 없는
그저 그런 내 인생

그리고 그 위에

너를 한 방울 똑 떨어트린다.

나와 같나요

어스름한 새벽길을 걸으면
차가운 공기가 피부를 스칩니다.
따뜻하게 내 손 잡아 주던
그대를 떠올립니다.
당신도 나와 같나요.

힘든 일이 있을 때, 울고 싶어질 때
그냥 다 버리고 떠나고 싶을 때
든든하게 나를 지탱해 주던
그대를 떠올립니다.
당신도 나와 같나요.

저녁 무렵 카페에 앉아 커피를 마시며
노을 지는 창가를 바라봅니다.
늘 내 앞에 앉아 나를 바라보던
그대를 떠올립니다.
당신도 나와 같나요.

길을 걷다 우연히 찾은 성당에서

무릎을 꿇고 기도를 해 봅니다.
언제나 나를 위해 기도해 주던
그대를 떠올립니다.
당신도 나와 같나요.

휴일 오후 혼자 영화관에 앉아
코미디 영화를 보며 한바탕 웃어 봅니다.
내가 웃을 때 항상 함께 웃어 주던
그대를 떠올립니다.
당신도 나와 같나요.

우리의 추억이 담긴 사진을 보며
아름다운 기억 속을 거닐어 봅니다.
인생의 찬란한 시절을 함께 했었던
그대를 떠올립니다.
당신도 나와 같나요.

늦은 밤 조용히 눈을 감고 앉아
이제는 없는 그대를 생각합니다.
금방이라도 저 문을 열고 들어올 것만 같은
그대를 떠올립니다.
당신도 나와 같나요.

너

이제 제발 그만, 더 이상 나를 찾지 마.

공허한 외침을 뒤로 하고

오늘도 너는 나를 찾아왔다.

이럴거면 차라리 밝은 낮에 오지,

너는 항상 밤마다 나를 찾아온다.

너를 이길 수 없다고? 그냥 받아들이라고?

너를 밀어내기 위해 오늘도 몸부림친다.

밀어내면 낼수록 너는 점점 가까워진다.

버티고 버텨 보지만 너무 힘겹다.

결국엔 굴복해 버린 나.

나는 오늘 밤도 냄비에 물을 끓인다.

내일 밤엔 제발 오지마. 너, 식욕

내일

당신을 만나는 건
내일 저녁인데

내 가슴은 오늘 아침부터
두근두근 설렙니다.

24시간 똑같은 하루인데
오늘은 그 하루가 너무 깁니다.

내일 일은 내일 걱정하라던
누군가의 그 말

하지만 당신을 만나는 내일은
오늘부터 준비가 필요합니다.

뭘 준비해야 하는지도 모르면서
그저 들뜨고 분주합니다.

머리를 잘라야 하고

향수도 찾아봐야 합니다.

가장 좋은 옷을 꺼내 다리고
구두를 반짝반짝 닦습니다.

하루종일 거울을 보며
볼품없는 얼굴을 가꿔 봅니다.

친구에게 전화를 걸어
이것저것 물어봅니다.

얄밉게 놀려대는 친구의 목소리도
오늘만큼은 아름답습니다.

아직 내일이 오지 않았습니다.
오늘은 정말 시간이 안 갑니다.

이렇게 내일을 준비한 적이 있는지
기억이 나지 않습니다.

내일이 오면 당신을 만납니다.
내일을 향해 뛰어가고 싶습니다.

손목

손목이 시리고 아프다.
마우스 때문일까.

오른손잡이인데
왼쪽 손목도 아프다.

손목을 돌려 보고
주물러도 본다.

운동을 해야 하나
병원을 가야 하나

친구한테 물어보고
검색창에 찾아봐도

이유도 모르는데
자꾸만 아파진다.

글씨를 써도 아프고
밥을 먹어도 아프다.

멀쩡했던 손목인데
갑자기 왜 이럴까.

아, 그렇구나
손목을 잡아 줄 네가 없구나.

무릎

무릎을 살짝 구부려
당신과 눈을 맞춥니다.

당신과 같은 눈높이로
세상을 바라봅니다.

무릎을 꿇고 앉아서
당신을 위해 기도를 합니다.

무릎을 꿇은 간절함이
당신에게 닿기를 기도합니다.

무릎을 펴고 까치발을 들어
저 멀리를 바라봅니다.

멀리서 오는 당신이
나를 쉽게 찾을 수 있기를 바랍니다.

정리

정리를 해야 한다.

이것저것 널려 있는 내 방도
서류가 가득 쌓인 사무실 책상도
오랫동안 끌어온 작업도
살 쪄서 입지 않는 옷들도

깨끗하게 정리를 해야 한다.

오래된 물건들 잔뜩 들어 있는 가방도
옷걸이에 계속 걸려 있는 겨울 외투들도
설거지통에 꽉 차 있는 그릇들도
보기만 해도 정신 없는 서랍 속도

깔끔하게 정리를 해야 한다.

잡동사니 그득한 자동차 트렁크도
유통기한 지난 음식 남아 있는 냉장고도
예전 파일들 어지러운 컴퓨터 바탕화면도

용량 한계에 다가가는 핸드폰 사진도

확실하게 정리를 해야 한다.

의미 없는 인간 관계도
불필요한 모임도
짜증나는 단톡방도
생각 없는 하루살이도

이젠 정말 정리를 해야 한다.

너를 떠올리는 슬픔도
너를 생각하는 서글픔도
너를 향한 그리움도

4章

우리

제주도에는

반복된 하루가 힘들어 찾아간 곳에는

우뚝 솟은 산이 있고
드넓은 바다가 있고
푸르른 하늘이 있다.

고단한 하루살이가 힘거워 찾아간 곳에는

힘차게 달리는 말이 있고
생김새처럼 투박한 귤이 있고
세월을 머금은 돌이 있다.

늘 똑같은 일상이 지루해 찾아간 곳에는

모진 풍파 이겨 낸 폭포가 있고
멋나게 솟아오른 오름이 있고
험한 세상 돌아가는 올레길이 있다.

상처 입은 가슴 가여워 찾아간 곳에는

매일을 버텨 내는 내가 있고
그런 나를 위로하는 네가 있고
너와 나를 아우르는 우리가 있다.

빛깔

너에게는 너만의 빛깔이 있다.
애써 드러내지 않아도 은은히 퍼져 가는 빛깔

너에게는 변해 가는 빛깔이 있다.
시간의 무게에 자연스레 달라지는 빛깔

너에게는 변치 않는 빛깔이 있다.
세월의 흐름에 더욱 굳어지는 빛깔

흔히 말한다.
너는 빨간색이야, 너는 파란색이야

나에게는 빛이 있다.
네가 굳이 말하지 않아도
내 안에 녹아 있는 그 빛깔

빨간색도 아니고 파란색도 아닌
나의 빛깔, 너의 빛깔

수첩에 적힌 글자

밤마다 술 취하면
근사하게 노래 한 곡조 뽑아내는
흥 넘치는 옆집 아저씨

자두가 맛있다며
잘 익은 자두 하나 손에 집어 주는
인심 후한 슈퍼 아줌마

정책이 문제라며
짐짓 심각하게 눈을 찌푸리는
근심 가득한 복덕방 사장님

재활용 쓰레기가 많다며
손에 장갑을 끼고 일할 준비하시는
사람 좋은 경비원 아저씨

멀리서 나를 보고
멋쩍은 미소로 손 흔들어 반겨 주는
인상 좋은 내 친구

수첩에는

내가 있고, 네가 있고,

우리가 있고, 우리 동네가 있다.

괘릉

강렬한 햇빛
습한 공기
흘러내리는 땀방울

부리부리한 눈
커다란 코
곱슬곱슬한 턱수염

소나무 병풍
관복을 갖춘 호인의 도열
당당하게 서 있는 사자

금강역사의 숨결
평화로운 왕의 쉼터
괘릉

너무나도 상쾌한 어느 아침

무거운 눈꺼풀을 들어올리며
바쁘게 시작하는 매일 아침

오늘도 분명 그런 아침이었는데
오늘 아침은 너무나도 상쾌한 아침이다.

반짝이는 햇빛과 신선한 공기
날아갈 듯 기분 좋은 오늘 아침

아 맞다, 마스크

비빔밥

시금치와 숙주는 참기름을 넣고 소금을 약간 쳐서 무쳐
둔다.
표고버섯과 당근은 식용유를 두르고 센 불에서 30초 정
도 볶는다.
밥을 담고 그 위에 나물을 얹고 그 위에 계란을 얹는다.
맛있다.

나물과 밥처럼
우리도 맛있는 하나가 될 수 있을까

일부러 돌아가는 길

직진하면 빠른 길
왼쪽으로 가면 돌아가는 길

오늘도 나의 선택은 왼쪽
아직 직진할 용기가 없다.

물론 직진을 해도 아무 일도 없다.
난 그저 가슴 두근거리며 못 본 척 지나갈 뿐

그냥 지나치는 것조차 용기가 없어
오늘도 나의 선택은
빠른 길로 가지 않고 일부러 돌아가는 길

바다가 부른다

바다가 불러서 뒤를 돌아본다.

무슨 일이야?
아니 그냥, 푸른 파도를 조금 가져왔어.

난 지금 파도가 필요 없는데?
아니 그냥, 넓은 백사장을 조금 가져왔어

백사장도 필요 없는데?
아니 그냥, 길고 긴 수평선을 조금 가져왔어.

수평선도 필요 없는데?
아니 그냥, 반짝이는 물결을 조금 가져왔어.

난 그 무엇도 필요가 없는데?
아니 그냥, 그래서 내 전부를 가져왔어.

난 바다야. 괜찮으니 어서 들어오렴,

레밍의 딜레마

"그런데 뛰어내리고 난 다음에는 어떻게 되는 건데?"
"뭔가 좋은 일이 생겨."
"어떤?"
"글쎄 우린 아직 모르지……"
"근데 좋은 일이 생기는 건 어떻게 알아?"
"좋은 게 틀림없어. 아무도 다시는 돌아오지 않잖아?"

앞만 보고 여기까지 왔는데,
가끔은 옆도 좀 볼 걸
다른 길도 있지 않았을까?
다른 세상도 존재하지 않을까?

오늘도 반복되는
피리 부는 사나이의 피리소리

직지봉

만년설을 품고 있는
세계 최고봉 에베레스트

영하 40도의 강추위
살인적인 눈보라
온 몸을 덮는 얼음 껍데기

서로에 대한 믿음,
위대한 인내심,
어마어마한 결단력

그 큰 꿈이 만들어낸
경외심과 두려움

직지봉

허름한 집

허름한 집에는
아버지와 어머니와 아이가 살고 있다.

허름한 집의 아이는
오늘도 허름한 차림새에
허름한 몰골로 길을 나선다.

허름하지 않은 아이들은
허름한 아이와 놀지 않는다.
그래서 허름한 아이는
오늘도 허름하게 돌아온다.

허름한 집에는
아버지와 어머니와 아이와
허름이라고 적힌 낙인이 살고 있다.

다리

저 다리 너머에 꿈과 희망이 있다면
지금이라도 당장 뛰어서 넘어갈 텐데

저 다리 너머에 사랑과 믿음이 있다면
조금도 지체하지 않고 얼른 뛰어서 넘어갈 텐데

저 다리 너머에 우정과 의리가 있다면
일말의 망설임도 없이 훌쩍 뛰어서 넘어갈 텐데

저 다리 너머에 평화와 행복이 있다면
어떠한 고민도 없이 단번에 뛰어서 넘어갈 텐데

저 다리 너머에 용기와 의지가 있다면
무엇도 생각하지 않고 열심히 뛰어서 넘어갈 텐데

저 다리,
어느새 너와 내가 만든 불신의 다리

참식나무

황금빛 털이 나의 발걸음을 이끈다.
줄기 끝자락에 모여 있는 금맥은 경이롭도록 아름답다.
겨울날 붉은 빛은 황홀경을 자아내며 자태를 뽐낸다.

황금빛과 붉은 색이 만들어 내는 흰 꽃
나무야, 네가 눈을 만들었구나.

기대

갓 결혼한 신혼부부의
시어머니는 순종적인 며느리를
며느리는 깨어 있는 시어머니를 기대한다.

시험을 앞둔 교실의
선생님은 학업에 대한 노력을
학생은 노력 이상의 결과를 기대한다.

삭막한 회사 사무실의
상사는 회사에 대한 헌신을
직원은 실적에 따른 대가를 기대한다.

복잡한 퇴근길의
교통 경찰은 타인에 대한 양보를
운전자는 나만 빨리 가기를 기대한다.

서슬퍼런 도살장의
돼지는 생존을
사람들은 쫄깃한 고기 맛을 기대한다.

기대의 동의어. 반대.

강을 따라서

휴일 오후 강을 따라 걷는 길에는
많은 사람과 기억이 오간다.

유모차를 끌고 가는 부부,
운동복을 입은 아저씨,
자전거를 타고 가는 아주머니,
친구와 함께 웃고 떠드는 학생들.

한 달 전에도, 일 년 전에도 오갔던 사람들
강이 우리에게 주는 기억들

슬픈 기억들은 저 강물 속에 흘려 버리고
아름다운 기억들은 저 강 너머 하늘에 날린다.

오가는 사람들과 기억들이 많아질수록
강은 더욱 푸르른 마음을 열고
나를 따라오라 부른다.

강을 따라 걷다 보면

강의 목소리를 듣다 보면

어느새 떠오르는 사람들, 떠오르는 기억들

멀어져 간 사람들도
아직 선명하게 남아 있는 기억들도

강의 부름을 따라
모이고 모이고 퍼지고 퍼져
모두를 감싸는 따뜻한 포단이 된다.

강을 따라 걸으면서
알게 되는 것들, 전해지는 것들
강이 이야기하고, 강이 보여 주는 것들

해 질 무렵 강가에서 강을 마주하고
강의 이야기에 귀 기울이며
강이 펼쳐내는 모습에 시선을 맞춘다.

강을 따라 걷다 보면
강을 보며 거닐다 보면
강과 함께 숨 쉬다 보면

말장난

건강에 해로운 청바지
유해진

세상에서 가장 가난한 왕
최저임금

반성문을 영어로
글로벌

형을 너무 좋아하는 동생
형광펜

땅값이 가장 싼 동네
일원동

못 사는 사람이 많아야 잘 사는 곳
철물점

왕이 넘어지면
킹콩

전화기로 세운 건물
콜로세움

차가 놀라면
카놀라유

신발이 화나면
신발끈

아몬드가 죽으면
다이아몬드

세상에서 가장 지루한 중학교
로딩중

1시간 동안 비가 내리면
추적 60분

꽃가게 주인이 싫어하는 도시
시드니

새우가 출연하는 드라마
대하드라마

이상한 사람들만 가는 곳
치과

당신은 비를 아십니까
너비아니

하하하
너무 재밌어요, 배꼽 빠지는 줄 알았네요.
이제 그만 좀 하세요. 제발.

블루

불을 켜지 않은
어두운 방 안에
가만히 누우면
생각은 꼬리를 물고
언뜻 오던 잠은
금방 달아나 버리고
이불 속 온기에
몸을 맡기고
창가에 비치는 불빛이
문득문득 지나가면
떠오르는 기억들은
점점 더 선명해지고
지친 몸을 일으켜
내다본 바깥 풍경은
그저 까맣기만 한데
까만 내 방과
까만 세상은
내 마음까지도
까맣게 하는걸까

그 때 우리는

까맣지 않았는데

빨간색이었고

노란색이었고

초록색이었고

무지개 색이었는데

그랬던 우리가 왜

까만 세상에서

까만 마음으로

살아가고 있는걸까

우리에게

허락된 색깔은

까만색이 아닐텐데

우리는 왜

그 많던 색깔들은

잃어버렸을까

색깔을 찾으려

부단히 돌아다녀봐도

왜 세상은

왜 마음은

여전히 까만색일까

색깔을 잃어버린

까만 세상의

까만 마음은

블루

기념일

생일

100일

1주년

발렌타인데이

화이트데이

로즈데이

와인데이

크리스마스

처음 만난 날

처음 손잡은 날

첫 키스한 날

기념일이 사랑의 소산일까

사랑이 기념일의 소산일까

명절

시아버지
조금 멀리 떨어져서 관망한다.
필요한 것들은 손주들에게 시키고
주로 TV를 보거나 방 안에 있는다.
특별히 도와주지도, 방해도 하지 않는다.

시어머니
모든 것을 주관하고 명절이 지나면 꼭 아프다.
음식 종류, 양, 식사 시간 등을 결정하고
굳이 사 와도 되는 음식도 꼭 직접 해야 하며
며느리가 아무리 열심히 도와도 성에 안 차지 않는다.

장가 간 아들
뭔가 해야 한다고 생각은 늘 하지만
할 줄 아는 게 없어서 마음이 불편하다.
걱정만 하다가 낮잠을 자고, 일어나면 설거지를 돕는다.
시어머니와 며느리 사이에서 중간자적 입장을 견지한다.

며느리

지금 이 공간에 있는 것 자체가 싫다.

잘 할 줄도 모르는데 시어머니는 뭔가 계속 시킨다.

아침 차리고 잠깐 쉴 만하면 점심, 또 저녁

친정 어머니가 그리워지고 남편이 너무 밉다.

장가 안 간 아들

최대한 말수를 줄이고 가급적 눈에 띄지 않아야 한다.

그나마 조카들하고 놀아 주는 것이 가장 현명하다.

힘을 써야 하는 일이나 설거지를 돕고

친구들이 나오라고 하면 얼른 나간다.

손주들

할아버지, 할머니가 오냐오냐 해주기 때문에

끝도 없이 게임을 하고 TV를 본다.

때 되면 밥만 먹으면 되고 용돈도 두둑하게 챙긴다.

인생에서 가장 편하게 보내는 명절이다.

명절

설과 추석, 1년에 두 번

멀리 사는 가족들까지 모두 모여서

행복하고 화목한 시간을 보내는 날.

행복하고 화목한 시간을 보내는 날?

건배사

오징어
오랫동안
징그럽게
어울리자

단무지
단순 무식하게
지금을
즐기자

통마늘
통하는
마음
늘 한결같이

사우나
사랑과
우정을
나누자

아우성
아름다운
우리의
성공을 위하여

소화제
소통과
화합이
제일이다

모바일
모든 일이
바라는 대로
일어나라

당나귀
당신과
나의
귀한 만남을 위하여

변사또
변함없는

사랑으로 내일
또 만납시다

가기 싫은 회식에
재미없는 건배사가 만들어 내는
환상의 컬래버

더 싫은 것 월드컵

전 부치다 허리가 휠 것 같은 명절
고3 첫 개학날
'개학날'

인간적으로 너무 싫은 직장 상사
결혼 안 하냐고 잔소리하는 친척
'직장 상사'

다 식은 설렁탕
불어터진 떡국
'설렁탕'

지독한 교통 체증의 출근길
끝없이 줄 서 있는 마트 주차장
'출근길'

만나면 주식 얘기만 하는 친구
만나면 술만 먹는 친구
'주식 친구'

능력 없는 직장 선배
잔머리 쓰는 직장 후배
'직장 후배'

수능 전날
입사 시험 최종 면접 전날
'최종 면접'

억지로 끌려간 등산
아는 사람 아무도 없이 혼자 간 결혼식
'등산'

필요 없는데 충동 구매한 비용
모이면 술만 먹는 동호회 회비
'동호회 회비'

정말 재미없는 영화
너무 졸린 책
'책'

나를 떠나간 너
너를 붙잡지 못한 나
'나'

수단

시계는
시간을 확인하는 수단이다.
시계가 나의 정신을 보여 주지는 않는다.

자동차는
이동을 위한 수단이다.
자동차가 나의 내면을 보여 주지는 않는다.

가방은
물건을 담는 수단이다.
가방이 나의 성장을 보여 주지는 않는다.

옷은
더위와 추위로부터 몸을 보호하는 수단이다.
옷이 나의 성격을 보여 주지는 않는다.

통장 잔고는
경제적 여건을 확인하는 수단이다.
통장 잔고가 나의 노력을 보여 주지는 않는다.

집은
거주를 위한 수단이다.
집이 나의 사회적 위치를 보여 주지는 않는다.

성적은
학업 수준을 나타내는 수단이다.
성적이 나의 가능성을 보여 주지는 않는다.

자격증은
자격을 증명하는 수단이다.
자격증이 나의 마음을 보여 주지는 않는다.

취미는
여가를 활용하는 수단이다.
취미가 나의 인격을 보여 주지는 않는다.

결혼은
사랑하는 이와 평생을 약속하는 수단이다.
결혼이 내 인생을 점수 매겨 보여 주지는 않는다.

나는
시계, 자동차, 집, 옷으로 보여질까
나로 보여질까.

휴식

아무것도 안 하고 있지만
더더욱 아무것도 하기 싫은
그냥 이유없이 그런 날

집도 회사도 다 버려 두고
아무도 나를 찾지 않는 곳으로
떠나고 싶은 마음

가족도 친구도 동료도
오늘만큼은 멀리하고
오롯이 혼자이고 싶은 때

무작정 나선 거리
정말 오랜만에 걸어 보는
대낮의 도심

수많은 인파 속에서
느껴보는 고독감
내 스스로 원한 고립

양복입고 바삐 걸어가는 아저씨도
길거리 음식을 파는 아주머니도
아무도 나를 알지 못하는 세상

서울역 지나 종로 거쳐 동대문
차례로 지나가면서
아무 생각 없이 내딛는 발걸음

온갖 풍경들을 마주하면서
무언가 생각해 보려 해도
완강히 거부하는 나의 뇌

차오르는 숨도
점점 아파오는 다리도
무엇도 인지하고 싶지 않은 심정

오늘은 정말 간절한 휴식
육신의 휴식이 아닌
정신과 마음이 쉬어야 하는 날

아무것도 안 하고 있지만
더더욱 아무것도 하기 싫은
그냥 이유 없이 그런 날

비상금

딱풀통
알맹이를 빼 버리고 돌돌 말아 넣고
무게를 비슷하게 맞추면 쉽게 알지 못한다.

액자 뒤
웬만하면 사진을 바꾸지 않는
액자 뒤에 넣고 판으로 가린다.

전공 책
원서이고 두꺼운 책일수록 더욱 안전하다.
아무도 관심 갖지 않을 확률이 매우 크다.

두꺼비집
정전이 되는 일이 거의 없기 때문에
두꺼비집을 찾을 일도 없다.

서랍 밑
봉투에 넣어 서랍 밑에 테이프로 붙인다.
많이 알려진 방법이라서 조심해야 한다.

커튼봉

커튼봉 끝의 장식을 돌려 빼 보면

속이 비어 있어 꽤 넓은 공간이 나온다.

형광등 위

형광등 위, 천장과 형광등 사이에 테이프로 붙인다.

꺼낼 때 번거로우므로 아무도 없을 때 꺼내야 한다.

졸업앨범

졸업앨범의 다른 반 페이지 중간에 넣어 놓는다.

집들이 등의 행사 시에 유의해야 한다.

방석 속

두툼한 솜 방석 속에 잘 숨긴다.

방석을 빨 때가 되면 꼭 미리 빼내야 한다.

노트북 CD ROM

CD를 거의 안 쓰기 때문에 열어 볼 일이 없다.

구형 노트북이 있다면 시도해 볼 만하다.

비상금을 숨길 일이 없는

솔로라서

오늘도 행복합니다.

경계

경계를 허물자.
쉽게 이야기하지만
우리의 경계는
생각보다 단단하다.

너와 나의 경계
우리와 그들의 경계
이것과 저것의 경계
참 많은 경계 속에 살고 있다.

경계는 어렵다.
같은 사람을 나누고
같은 세상을 가르고
같은 문화를 쪼갠다.

경계도 필요하다.
경계 맺는 기준이 이상할 뿐
왜 경계를 만드는지
왜 경계를 다지는지

경계를 넘어설 수 있을까.
경계의 미로 속에 있기에
하나를 넘어서면
또 다른 경계가 나온다.

경계의 경계의 경계
경계가 만든 경계
경계가 이룬 경계
경계를 위한 경계

내가 경계를 넘어도
니가 경계를 막는다.
그들이 경계를 허물어도
우리가 경계를 굳건히 한다.

누구를 위한 경계인지
무엇을 위한 경계인지
왜 있어야 하는 경계인지
아무도 알지 못한다.

경계는 아프다.
경계가 지배하는 안타까운 세상
경계 속을 살아가는 슬픈 우리
경계에 매여 있는 어리석은 나

명언의 현실적 해석

아침에 일찍 일어나는 새는
하루 종일 피곤하다.

황금 보기를 돌같이 하면
가난을 면치 못한다.

누가 오른쪽 뺨을 때리면
경찰에 신고해야 한다.

시작이 반이지만
반만 일하면 월급을 주지 않는다.

구르는 돌에는 이끼가 끼지 않는다.
구르다 보면 돌이 깨진다.

시간은 금이지만
금 1시간 어치를 팔지는 않는다.

내일은 내일의 태양이 뜬다.
내일은 내일 업무가 산더미다.

실패는 성공의 어머니다.
단지 직장에서 위태로워질 뿐이다.

오늘 일을 내일로 미루지 않으면
오늘도 또 야근을 해야 한다.

끝날 때까지 끝난 게 아니다.
그래서 내일도 어김없이 출근해야 한다.

경쟁

나는 경쟁할 생각이 없는데
자꾸만 경쟁력을 갖추라고 한다.

나는 이기고 싶지 않은데
꼭 이겨야 한다고 한다.

나는 밟고 올라서기 싫은데
가장 높은 곳으로 올라가라고 한다.

나는 주변 사람들을 밀어내기 싫은데
모두를 밀어서 떨어트리라고 한다.

나는 남들을 추락시키고 싶지 않은데
나를 빼고는 다 추락시키라고 한다.

나는 모두와 함께 가고 싶은데
혼자만 가야 한다고 한다.

나는 둥글게 살고 싶은데
모나게 살라고 강요한다.

나는 아래에 있고 싶은데
위로 올라가라고 떠민다.

나는 친구가 필요한데
경쟁자를 만들라고 한다.

나는 그냥 살고 싶을 뿐인데
피 터지게 싸우라고 한다.

웃음

대소
정말 재밌고 웃기는 영화를 볼 때

냉소
회사 업무가 불공평할 때

비소
뻔한 보이스 피싱 전화를 받았을 때

담소
오랜만에 만난 동창과 옛날이야기를 할 때

일소
동료와 몰래 상사를 흉볼 때

절소
친구가 정말 바보같은 짓을 했을 때

지소

뉴스에 나온 비리 정치인을 볼 때

인소

회의 중에 웃긴 문자가 왔을 때

습소

아재 개그를 들어야만 할 때

홍소

집에서 혼자 코미디 프로그램을 볼 때

함소

그녀가 나를 지긋이 바라볼 때

넥타이

직장 생활 시작한 지
20년이 다 되어 가지만

아직도 목을 옥죄는 그것은
한없이 불편하다.

오늘 아침도 거울을 보며
그것을 목에 묶어 보지만

그것이 왜 정장의 필수품인지
아무도 정확하게 알지 못하지만

그냥 그것이 없으면
예의 없는 사람이 되는 세상이다.

그것을 하지 않으면
격 없는 사람이 되는 요즘이다.

진심은 복장이 아니라
마음에서 우러나오는 것인데

목에 두르는 그것이
내 진심보다 중요한 사람들이 많다.

진정 내 목을 조르는 것은
그 사람들과 그 사람들이 사는 세상이다.

평가

당신은 너무 우유부단합니다.

당신은 감상적인 성향이 강합니다.

당신은 내성적입니다.

당신은 말끝을 흐립니다.

당신은 목소리가 작습니다.

당신은 눈빛이 흐립니다.

당신은 어깨가 처져 있습니다.

당신은 주장이 약합니다.

당신은 다이어트를 해야 합니다.

당신은 빨리 결혼해야 합니다.

당신은 눈을 크게 떠야 합니다.

당신은 큰 그림을 그려야 합니다.

당신은 끈기가 부족합니다.

당신은 좀 더 꼼꼼해야 합니다.

당신은 유머 감각을 키워야 합니다.

당신은 사람들과 더 어울려야 합니다.

당신은 좀 더 꾸며야 합니다.

당신은 패션 감각이 없습니다.

당신은 헤어스타일을 바꿔야 합니다.

당신은 열심히 돈을 모아야 합니다.

당신은 반대되는 사람을 만나야 합니다.

당신은 능력을 키워야 합니다.

당신은 무조건 나에게 순종해야 합니다.

당신은 내 말을 따라야 합니다.

당신은 내 말에 대꾸해서는 안 됩니다.

당신은 아직 세상 사는 방법을 모릅니다.

당신의 충고 너무나 감사합니다.

하지만 세상의 그 누구도

나를 평가할 권리를

당신에게 준 적 없습니다.

방류放流

ⓒ 이용광, 2021

초판 1쇄 발행 2021년 4월 27일

지은이   이용광
펴낸이   이기봉
편집   좋은땅 편집팀
펴낸곳   도서출판 좋은땅
주소   서울 마포구 성지길 25 보광빌딩 2층
전화   02)374-8616~7
팩스   02)374-8614
이메일   gworldbook@naver.com
홈페이지 www.g-world.co.kr

ISBN   979-11-6649-646-2 (03810)